SCHULE
BLUMEN
BADE-SHOP
STEINGUT
FLINT
TIERHANDLUNG
LAVA
MINETTE

Ute Krause

Minus Drei und die wilde Lucy

Minus reißt aus

Ute Krause

MINUS DREI & DIE WILDE LUCY

Minus reißt aus

cbj

Dieses Buch ist auch als E-Book erhältlich.

Verlagsgruppe Random House FSC® N001967

2. Auflage

Umschlagbild und Innenillustrationen: Ute Krause
Umschlaggestaltung: Anette Beckmann, Berlin
cr · Herstellung: UK
Satz und Innengestaltung: Anette Beckmann, Berlin
Reproduktion: Lorenz & Zeller, Inning a. A.
Druck und Bindung: Alföldi Nyomda Zrt., Debrecen
ISBN 978-3-570-17401-2
Printed in Hungary

www.cbj-verlag.de

Inhalt

Die kaputte Badewanne

Im Hause Drei hing der Haussegen schief, auch wenn es sich streng genommen gar nicht um ein Haus, sondern um eine Höhle handelte. Der kleine Dino Minus Drei hatte Streit mit seinem Papa, und der Grund dafür war eine kaputte Badewanne.

„Minus“, schimpfte Papa Drei. „Wie oft habe ich dir schon gesagt, dass du das Ding endlich entsorgen sollst?“

„Gleich", antwortete Minus.
„Nicht gleich. Jetzt", sagte Papa streng.
Minus seufzte. Eigentlich hatte ja gar nicht er die Wanne kaputt gemacht, sondern ein Stegosaurus namens Stigi. Gleich nach dem Unfall hatte Minus Papa versprochen, die alte Wanne zu Kleinholz zu zerhacken, aber dann war dummerweise immer etwas dazwischengekommen.

Das Ganze war überhaupt nur passiert, weil Minus sich ein Haustier gewünscht hatte. Um Mama zu überzeugen, hatte er sich um die Haustiere sämtlicher Nachbarn gekümmert. Dabei war der Stegosaurus in der Badewanne gelandet und hatte mit seinen Stacheln Löcher hineingebohrt. Natürlich nur aus Versehen. Trotzdem hatte Minus bald danach ein eigenes Haustier bekommen.

Es war ein kleines Urmädchen mit einer winzigen Keule und es hieß Lucy. Zusammen hatten Minus und Lucy schon viele aufregende Dinge erlebt. In letzter Zeit benahm sich Lucy allerdings etwas seltsam. Statt mit Minus fangen zu spielen, hüpfte sie lustlos auf der Stelle, und anstatt mit ihm einen Zoo für seine Spielzeugsaurier zu bauen, kuschelte sie sich an ihn und klapperte dabei mit den Zähnen. Minus war sehr beunruhigt. Was hatte Lucy nur? War sie etwa krank?

Als er Mama Drei um Rat fragte, sagte sie: „Wer krank ist, hat meistens keinen Appetit."
Aber Lucy hatte Appetit, sogar einen ziemlich großen. Immer wenn sie ihren Teller Farnsuppe geleert hatte, schielte sie gierig auf den von Minus, der ihr bereitwillig etwas abgab. Farnsuppe konnte er nämlich nicht ausstehen.

Trotzdem stimmte etwas nicht. Gleich nach jeder Mahlzeit flitzte Lucy zurück in ihre Kokosnussschale, zog sich die Decke bis zu den Ohren und klapperte für den Rest des Tages dort mit den Zähnen. Mama Drei musste zugeben, dass Lucys Benehmen tatsächlich etwas merkwürdig war. „Frag doch mal Herrn Fossil", schlug sie vor. „Der weiß ziemlich viel über Haustiere."
Das war eine sehr gute Idee. Herr Fossil war der Besitzer von einem sehr wohlerzogenen Tyrannosaurus Rex namens T.R. Und wenn jemand helfen konnte, dann bestimmt er.

„Hmmm …“, machte Herr Fossil, nachdem Minus ihm alles erzählt hatte. Er betrachtete Lucy, die zitternd auf Minus’ Pfote hockte, über den Rand seiner Brille.
„Hmmm …“, machte er noch mal. „Ungewöhnlich. Sehr, sehr ungewöhnlich. Minus, ich fürchte, du musst mit ihr zum Tierarzt gehen.“
„Zum Tierarzt?“ Minus war entsetzt. Wenn Herr Fossil schon einen Besuch beim Tierarzt vorschlug, dann war die Lage bestimmt ernst. Er durfte keine Zeit verlieren! Deswegen machte er sich gleich auf den Weg zu Frau Doktor Bernstein.

Frau Doktor Bernstein weiß Rat

Frau Doktor Bernstein hatte eine große zugige Praxishöhle, in der Minus und Lucy eine ganze Weile warten mussten, bis sie dran waren. Vor ihnen waren noch ein Stegosaurus mit Zahnschmerzen und ein Urvogel mit einem lahmen Bein an der Reihe. Lucy klapperte wieder laut mit den Zähnen. Die Besitzer der anderen Tiere schielten nervös herüber. Minus aber tat so, als würde er es nicht bemerken. Das Ganze war ihm ein bisschen peinlich.

„Was hat es denn?", fragte die Dame mit dem Urvogel schließlich und betrachtete Lucy, als ob sie ein ekliges Insekt wäre.

„Ich weiß nicht", sagte Minus.

Der Herr mit dem Stegosaurus mischte sich ein: „Es ist doch nicht ansteckend, oder?“, wollte er wissen.
„Ich glaube nicht“, antwortete Minus. „Aber ich weiß es nicht genau.“
Zum Glück waren er und Lucy bald an der Reihe. Vorsichtig setzte Minus sein Haustier auf dem Arzttisch ab.
Frau Doktor Bernstein klatschte in die Pfoten.
„Ein Urmensch!“, rief sie. „Wie entzückend. Du weißt, dass die recht selten sind – und außerdem nicht einfach zu halten?“
„Meine Lucy ist normalerweise sehr pflegeleicht“, sagte Minus. „Aber ich fürchte, sie ist krank. Sie klappert die ganze Zeit mit den Zähnen.“

„Oho!" Frau Doktor Bernstein beugte sich hinab und betrachtete nachdenklich die kleine Lucy. „Oha", machte sie schließlich und bohrte dabei mit einem Finger im Ohr. „Für einen Urmenschen sieht sie mir etwas zu bläulich aus."

„Normalerweise ist sie auch eher rosa", antwortete Minus. „Meinen Sie, es ist etwas Ernstes?"

Auf einmal hatte er einen Kloß im Hals. Er wagte nicht, an das zu denken, was er trotzdem dachte: Was, wenn seine kleine Lucy nicht zu heilen war?

Was, wenn sie nie wieder gesund werden würde? Frau Doktor Bernstein holte ein Vergrößerungsglas aus dem Regal, beugte sich wieder hinab und begutachtete das Urmädchen aus der Nähe.

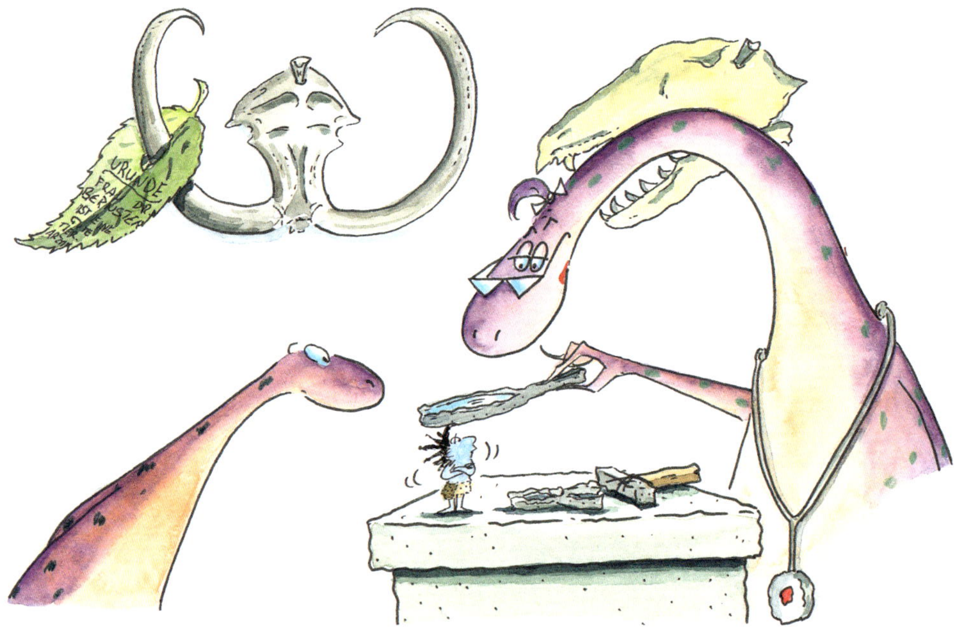

„Oho", machte sie nochmals. Dann ging sie zu ihrem Bücherregal und blätterte eine ganze Weile in verschiedenen Büchern.
Schließlich sagte sie: „Ich glaube, ich weiß, was ihr fehlt."

„Was denn?", hauchte Minus. Ihm war ganz mulmig vor Angst und er musste sich am Tisch festhalten.
„Sie hat etwas, das sich ‚Frieren' nennt", antwortete Frau Doktor Bernstein.
„Ist das schlimm?"
Frau Doktor Bernstein schüttelte den Kopf. „Ich denke nicht. Aber du solltest unbedingt etwas dagegen machen."
„Man kann es also heilen?" Minus sah sie hoffnungsvoll an.
Frau Doktor Bernstein nickte. „Ich denke schon. Du weißt, uns Dinos stört es nicht, wenn es mal ein wenig kalt ist, so wie jetzt. Aber die Urmenschen vertragen Kälte nicht. Sie brauchen eine Hülle, in die man sie einwickelt und schön warm hält."
„Was für eine Art von Hülle?", fragte Minus.
Frau Doktor Bernstein überlegte und deutete auf die Wand. Dort hingen die Schädel von verschiedenen Sauriern und zwei große Mammutstoßzähne. An einem Zahn hing eine Urkunde, auf der stand, dass

Frau Doktor Bernstein eine sehr gute Ärztin war. Minus starrte verwirrt auf das Blatt.
„Ich soll sie in eine Urkunde einwickeln?"
„Aber nein", sagte Frau Doktor Bernstein. „Am besten wäre eine Hülle aus wolligem Mammutfell."
„Das ist alles?", fragte Minus überrascht.
„Nun ja, ein bisschen Bewegung würde auch nicht schaden", antwortete Frau Doktor Bernstein.
Minus ergriff ihre Pfote und schüttelte sie kräftig.

„Danke", rief er. „Vielen, vielen Dank!"
Er nahm Lucy wieder behutsam hoch und lief mit ihr nach Hause.

Zu Hause gab es zwei Dinge, die aus Mammutfell waren. Das eine war sein Schulranzen. Aber in den konnte er schlecht ein Loch schneiden, denn sonst würde sein Stiftemäppchen herausfallen. Das andere aber war Mamas Schal, den sie nur sehr selten und zu besonderen Anlässen trug. Da er ziemlich groß war, würde ein winziges Loch ganz sicher nicht auffallen. Minus holte eine Schere aus seinem Zimmer und ging damit zu Mamas Schrank. Der Schal hing in der hintersten Ecke, hinter ihrer Perlenkette und dem Ausgehhut.

Er stellte Lucy auf dem Bett ab, nahm den Schal aus dem Schrank und schnitt vorsichtig ein Stück davon ab. Es war ja nur ein winzig kleines Stück, das würde Mama bestimmt nicht merken, dachte Minus zufrieden.

Dann wickelte er Lucy darin ein. Er hatte sehr gut geschätzt, denn das Fellstück hatte sogar die richtige Größe. Lucy kuschelte sich darin ein, es schien ihr zu gefallen. Und schon bald hörte sogar das Zähneklappern auf.

Ein schlechter Tag

Der nächste Tag fing nicht gut an, dabei war es Samstag, und samstags musste Minus nicht in die Schule.

„Minus, was ist mit der Badewanne?", fragte Papa beim Frühstück und schaute Minus böse an. Er hatte sehr schlechte Laune.

„Ich mach's gleich", sagte Minus.

„Das hast du gestern auch gesagt", antwortete Papa. „Wenn das bis heute Abend nicht erledigt ist, darfst du die ganze Woche nicht raus zum Spielen."

„Heute mache ich es wirklich“, sagte Minus. „Versprochen.“
Gleich nach dem Frühstück zerrte Minus die Badewanne hinter der Höhle hervor und stellte sie unter der Palme im Vorgarten ab. Er wollte gerade nach der Axt suchen, da bemerkte er, dass Lucy schon wieder laut mit den Zähnen klapperte. Das Mammutfell schien doch nicht so richtig zu wirken. Oder vielleicht war ein Stück Fell einfach zu wenig? Vielleicht brauchte Lucy sogar zwei Felle. Aber noch ein Stück von Mamas Schal abschneiden, das traute sich Minus nun doch nicht.
Er überlegte. Ihm fiel ein, dass Frau Doktor Bernstein gesagt hatte, Bewegung wäre sicher gut.
„Komm Lucy, wir laufen um die Wette. Wer zuerst am Gartentor ist. Davon wird dir bestimmt warm.“
Aber Lucy hatte keine Lust. Sie wollte lieber in ihrer Kokosnussschale unter der Decke bleiben. Nicht mal für einen Hindernislauf konnte Minus sie begeistern. Dabei hatte ihr das beim letzten Mal doch so großen Spaß gemacht.

Vielleicht hatte Frau Doktor Bernstein noch einen Tipp für ihn. Aber als Minus bei ihrer Praxishöhle vorbeischaute, war sie nicht da.

Zum Mittagessen gab es leider schon wieder Farnsuppe. Die hatte Minus inzwischen gründlich satt. Lustlos rührte er darin herum.
„Du stehst erst auf, wenn du die Suppe aufgegessen hast", sagte Mama. „Nimm dir ein Beispiel an Lucy."
Minus nippte an seiner Suppe. Es war zwecklos.

Er bekam sie einfach nicht runter. Mama räumte inzwischen ihren Teller in die Küche, sie musste zurück in den Laden. Minus beschloss, zu warten bis sie weg war, und dann die Palme mit der Farnsuppe zu füttern.
Plötzlich stürmte Mama mit knallrotem Gesicht wieder herein. In der Pfote hielt sie etwas, das hinter ihr her wehte – es war ihr Schal!
„Minus!", schrie sie. „Warst du das?"
„Äh … Wie meinst du das?", fragte Minus und schaute so unschuldig wie möglich.
Mamas Blick fiel auf Lucy, dann auf ihren Schal und dann wieder auf Lucy. Sie schien etwas zu begreifen, denn Blitze zuckten jetzt in ihren Augen

und sie machte merkwürdige Geräusche wie ein Vulkan kurz vor der Explosion.
„MINUS!", donnerte sie noch einmal. „Ich warte!" Sie schüttelte den Schal wie einen toten Urfisch und hielt Minus die Stelle mit dem Loch unter die Nase.
„Ähmm … ja … vielleicht … hatte ich glatt vergessen", murmelte Minus verlegen.
„Der Schal ist ruiniert!", kreischte Mama. „Er war ein Erbstück von meiner Urururururgroßtante!"

„Aber es … war, ich meine, es ist … wegen Lucy", begann Minus. „Sie hat … etwas, das sich Frieren nennt, und Frau Doktor Bernstein meinte …"
Weiter kam Minus nicht.
„Es reicht!", brüllte Mama. „Du bringst Papa und mich auf die Palme! Minus, du hast die nächsten zwei Wochen Hausarrest!"
„Was, zwei Wochen?"
Minus wurde blass. Er hatte schließlich nachher eine Verabredung mit Flint und sie hatten in der nächsten Zeit noch so einiges vor.
„Das geht nicht", sagte er.
„Und ob das geht!"

Mama warf den Schal auf einen Stuhl und rauschte zur Haustür hinaus. Dann steckte sie den Kopf noch einmal durch die Tür. „Und wehe, du hältst dich nicht daran! Ich bin jetzt im Laden, und wenn ich zurückkomme, hast du die Farnsuppe aufgegessen, kapiert?!"
Die Haustür krachte hinter ihr ins Schloss.

Minus blieb noch eine ganze Weile am Tisch sitzen. Er musste sich erst einmal sammeln. Was für ein Tag!
Erst der Ärger mit Papa, dann diese schreckliche Farnsuppe, die er kaum hinunterbekam, und jetzt drehte auch noch Mama durch. Ihr Schal war ihr anscheinend wichtiger als Lucys Gesundheit. Und wichtiger als ihr Kind. Minus merkte, wie er jetzt auch wütend wurde, sehr wütend sogar; mindestens so wütend wie Mama. Was hatte er überhaupt noch in dieser Familie zu suchen? Alle waren sie so gemein zu ihm, und ob es Lucy gut ging oder nicht, war ihnen egal. Deswegen fasste Minus einen Entschluss: Er würde es ihnen zeigen. Er würde einfach ausziehen. Und wenn er nicht mehr da war, würden sie schon merken, wie es ohne ihn war. Dann würden sie es bitter bereuen, so mit ihm geredet zu haben. Aber dann war es zu spät! Jawohl!
Minus packte seine wichtigsten Dinge zusammen: sein Farnmäppchen, seinen Lieblingssaurier und

zwei Dino-Man-Comics. Nein, vielleicht doch lieber drei Comics. Dann pflückte er Lucy aus ihrer Kokosnussschale und schrieb in seiner schönsten Schrift einen Abschiedsbrief.

„IcH zih aus."

Er lehnte den Brief an den Teller mit der Farnsuppe. So würde Mama ihn sofort entdecken. Ab jetzt würde er alleine klarkommen.

Minus warf einen letzten Blick ins Kinderzimmer.

„Ade, mein schönes Zimmer", seufzte er. „Du hast mir viel Freude bereitet."

Er warf einen letzten Blick in die Küche.

„Ade, schöne Küche", hauchte er. „Ade, Wohnzimmer, ade, liebes Badezimmer und ade, liebes Elternschlafzimmer."

Dann trat er hinaus und schloss die Haustür hinter sich.

„Ade, lieber Garten", flüsterte er.
Er hatte einen Kloß im Hals, als er zum Tor hinausging, aber er wusste, dass er jetzt sehr, sehr tapfer sein musste. Ausziehen war doch nicht so leicht, wie er gedacht hatte.

Im Urwald

Minus lief die Straße entlang, Lucy in der einen Pfote, sein Bündel über die andere Schulter geschlungen, und überlegte, was er als Nächstes machen sollte. Er war schließlich noch nie ausgezogen. Vielleicht hatte Lucy ja Lust, im See zu

baden. Aber als er fragte, schüttelte sie entschieden den Kopf. Dann eben nicht. Minus seufzte. Seit Lucy das Problem mit dem Frieren hatte, war mit ihr nicht mehr viel anzufangen.

Na gut, dann würde er eben allein entscheiden. Er würde Flint fragen, ob er jetzt schon Zeit hatte. Flint mähte gerade den Rasen, als Minus über die Gartenmauer lugte.

„Hallo Flint", rief Minus.

„Hallo Minus", sagte Flint überrascht. „Ist es schon so spät?"

„Nein, ich bin zu früh", antwortete Minus.
Flint deutete auf das Bündel. „Hast du mir etwas mitgebracht?"
„Nein. Ich bin ausgezogen." Der Kloß in Minus' Hals machte sich wieder bemerkbar.
„Wirklich?" Flint war beeindruckt. „Du bist echt ausgezogen? Für immer?"

Minus nickte. Der blöde Kloß wurde noch etwas größer, und das ausgerechnet vor Flint. Er schluckte ihn schnell runter und murmelte: „Und jetzt bin ich gerade auf Wohnungssuche."
„Auf Wohnungssuche?", wiederholte Flint.
Minus nickte wieder und plötzlich kam ihm eine ziemlich gute und sehr praktische Idee: „Wie wäre es, wenn du mir hilfst, ein Baumhaus zu bauen? Darin könnte ich dann nämlich wohnen."
„Ich weiß nicht, ob wir das heute noch schaffen", antwortete Flint. „Ich muss leider erst den Rasen zu Ende mähen."
„Schade", sagte Minus. „Sehr schade."

„Warum ziehst du nicht einfach in die Dunkelhöhle?", schlug Flint vor.
Minus verzog das Gesicht. In der Dunkelhöhle war er schon einmal gewesen. Sie war ziemlich dunkel. Nein, sie war sogar sehr dunkel! Und außerdem gab es dort Urspinnen.
„Dort wirst du jedenfalls nicht nass, falls es heute Nacht regnet", fuhr Flint fort.
„Also gut, seufzte Minus. „Ich schaue sie mir mal an. Aber wenn sie mir nicht gefällt, fangen Lucy und ich schon mal mit dem Baumhaus an."
„Gut, dann bis später", rief Flint und mähte weiter.
Minus schulterte wieder das Bündel. Es war gut, eine Aufgabe zu haben. Dann musste er nicht so viel an zu Hause denken.

Die Dunkelhöhle lag direkt neben dem Urwald und sie war noch dunkler als Minus sie in Erinnerung hatte. Sie war wirklich sehr, sehr dunkel. Als er den Kopf hineinsteckte, heulte ihm ein eisiger Wind entgegen.

Minus machte nur einen winzigen Schritt hinein und dann einen großen Schritt wieder hinaus.
Das war ihm doch eine Spur zu unheimlich!
Nie und nimmer würde er hier ein Auge zutun

können. Auch Lucy war nicht überzeugt und klapperte wieder besonders laut mit den Zähnen. Wahrscheinlich sehnte sie sich nach ihrer Kokosnussschale.

Da half nur eins: Sie würden einfach schon mal mit dem Baumhaus anfangen. Wenn Flint später mit anpackte, würden sie es vielleicht bis zum Abend schaffen.
Lucy schaute Minus mit großen Augen an, als er ihr von seiner Idee erzählte. Sie vergaß sogar kurz, mit den Zähnen zu klappern.

„Als Erstes brauchen wir Holz", sagte Minus. „Und wo gibt es das? Natürlich im Urwald."
Gleich am Waldrand entdeckte er ein paar schöne Äste. Die waren perfekt. Als Lucy sah, wie Minus die Äste aufhob, hüpfte sie von seiner Pfote, um zu helfen. Und nun klapperte sie nicht mehr mit den Zähnen.

Nachdem Minus ein paar Äste zusammengetragen hatte, hielt er Ausschau nach einem passenden Baum für sein Baumhaus. Doch hier am Waldrand waren die Bäume nicht besonders hoch und die Äste spindeldürr. Sie würden unter einem Baumhaus sofort zusammenklappen.
Minus ging etwas tiefer in den Dschungel hinein.
Es dauerte gar nicht lange, da hatte er auch schon den perfekten Baum entdeckt – einen schönen alten Baum mit einem breiten Stamm, ausladenden Ästen und tellergroßen Blättern.
„Unser neues Zuhause", sagte Minus zu Lucy. „Wie findest du das?"

Lucy warf ihre Keule in die Luft. Das bedeutete, dass sie einverstanden war.
Sie schleppten die Äste, die sie am Waldrand gesammelt hatten, hinüber zum Baum. Dann kletterte Minus den Stamm hinauf und fing an, die Äste, einen nach dem anderen, hinaufzuziehen.
Flint würde bestimmt beeindruckt sein, wenn er sah, wie viel Minus schon geschafft hatte. Plötzlich spürte er einen sehr scharfen Schmerz am Po.
Minus machte vor Schreck einen kleinen Hüpfer, verlor dabei das Gleichgewicht und purzelte kopfüber vom Baum.

Lucy, die unten geblieben war, klatschte begeistert, denn so schnell war Minus noch nie von einem Baum geklettert.
Minus rieb sich den Po. Was hatte ihn da gerade gebissen? Er rappelte sich auf und spähte zwischen die Zweige. Merkwürdig, da war nichts. Lucy deutete hinauf zum Baum.

„Du willst, dass ich wieder hochklettere?", fragte Minus.
Lucy nickte.
Minus kletterte vorsichtig wieder hinauf.

Er wollte gerade den nächsten Ast nach oben hieven, als ihn erneut etwas in den Po biss. Blitzschnell wandte er sich um. Und diesmal sah er die Urbiene. Aber es war nicht nur eine. Nein, es waren ganz viele, die da aus einem Astloch schwärmten und nun direkt auf ihn zusteuerten.

Der Baum war schon bewohnt, und die Bewohner wollten ihr Zuhause auf keinen Fall mit Minus teilen. Wieder sprang er hastig vom Baum, doch die Urbienen waren ihm mit einem wütenden Summen auf den Fersen. Minus griff nach Lucy und seinem Bündel. Dann jagte er durch den Urwald. Die summenden Angreifer jagten hinterher.

Minus stolperte über Steine und bahnte sich einen Weg durch das Unterholz, er schlug einen Haken, und dann merkte er, dass das Summen aufgehört hatte. Er hatte die Urbienen abgeschüttelt. Erschöpft ließ er sich ins Gras sinken. Puh, das war echt knapp gewesen!

Er schloss kurz die Augen. In der Stille hörte er plötzlich ein leises, gemütliches Schnarchen. Es klang fast wie Papa und es kam ganz aus der Nähe. Minus schlug die Augen wieder auf. Und dann sah er die haarige Riesenpalme, die sich hinter drei großen Büschen langsam hob und senkte. War das etwa der Schnarcher?
Als er vorsichtig hinter die Büsche spähte, sah er noch mehr Haar, und irgendwie erinnerte ihn das Haar an Mamas Schal.

Lucy musste das Gleiche gedacht haben. Sie hüpfte von Minus' Pfote, und bevor er sie wieder einfangen konnte, hatte sie sich in die Haarpracht geworfen und schmiegte sich daran. Dabei machte sie wohlige knurrende Geräusche.

In diesem Moment hob sich ein wuscheliger Kopf und Minus sah zwei riesige weiße Stoßzähne. Das könnte unangenehm werden, dachte er. Sogar sehr unangenehm.

Minus schnappte Lucy, doch die krallte sich fest. Er musste ganz schön kräftig ziehen, aber Lucy ließ nicht los. Der Besitzer der Haarpracht schnaubte verärgert. Und dann passierte es:

Das Tier richtete sich schwerfällig auf.

Minus machte einen Satz nach hinten. Das war das größte Mammut, das er je gesehen hatte, und es wirkte ziemlich verärgert. Seine Augen funkelten Minus böse an. Und dann senkte es den Kopf und nahm Anlauf.
Und Minus nahm Reißaus.
Wieder jagte er durch den Urwald. Das Mammut galoppierte hinterher.

Minus raste auf eine Lichtung zu. Er hatte sie fast überquert, als er merkte, wie seine Füße immer schwerer wurden. Plötzlich versank erst der eine und dann der andere Fuß im Boden. Und dann versank der ganze Minus. Er versank immer weiter und nun steckte er bis zum Bauch im Sand. Minus schoss ein schrecklicher Gedanke durch den Kopf: War das hier etwa Treibsand? Papa hatte ihm mal davon erzählt. Und wo war das Mammut? Minus schielte vorsichtig über die Schulter.

Das Mammut stand am Rand der Lichtung, knabberte seelenruhig ein paar Farnblätter und beobachtete ihn interessiert. Es schien zu wissen, dass dieser Weg gefährlich war.
„Hilf mir!“, rief Minus.

Doch das Mammut kehrte ihm nur schnaubend sein Hinterteil zu und trabte zurück in den Urwald.

„Na toll", dachte Minus. „Ein schöner Schlamassel!"

Es war doch etwas schwieriger, in der Wildnis zu überleben, als er gedachte hatte. So ein Zuhause hatte schon gewisse Vorteile. Sein Herz klopfte bis zum Hals. Wie sollte er hier je wieder lebendig rauskommen? Vor allem, wenn er mit jeder Bewegung noch etwas tiefer in den Sand rutschte?

In seiner Aufregung hatte er gar nicht gemerkt, dass Lucy auf seinen Kopf geklettert war. Nun tippte sie ihm auf die Stirn und deutete nach oben.

Dann kletterte sie auf seine Nasenspitze. Minus hob den Kopf. Direkt über ihnen wand sich eine gewaltige Schlingpflanze. Auf die zeigte Lucy jetzt. „Lucy, du bist genial", rief Minus.

Mit dem Besenstiel zog er die Ranke zu sich herab, bis er sie zu fassen bekam. Langsam, Zentimeter um Zentimeter, zog er sich daran hoch, bis er sich aus dem Sand befreit hatte. Dann hangelte er sich an der Liane entlang. Es kam ihm vor wie eine Ewigkeit, doch endlich spürte er festen Boden unter den Füßen.
„Danke, Lucy", sagte er. „Das war eine super Idee!"
Lucy, die immer noch auf seinem Kopf saß, klapperte jetzt wieder mit den Zähnen. Das lag daran, dass die Sonne schon fast hinter den Bäumen verschwunden war. Es war kälter geworden – höchste Zeit, dass sie wieder aus dem Dschungel herauskamen. Die Nacht wollte Minus hier ganz bestimmt nicht verbringen! Das war doch

eine Spur zu ungemütlich. Und Flint war wahrscheinlich schon längst mit dem Rasenmähen fertig. Vielleicht sollten sie das Baumhaus lieber doch nicht im Urwald bauen. Hier lauerten einfach zu viele Gefahren.

Minus sah sich suchend um. Ungern wollte er zurück in die Richtung laufen, in die das Mammut verschwunden war. Aber das war genau der Weg, der aus dem Urwald hinausführte. Was also tun? Wenn er ganz leise war, würde das Mammut ihn vielleicht nicht bemerken. Auf Zehenspitzen schlich Minus los. Allerdings merkte er bald, dass etwas nicht stimmte. Der Weg sah plötzlich ganz anders aus. Hier war er vorhin ganz bestimmt nicht langgelaufen.

Er zögerte, kehrte um und ging den Weg zurück. Merkwürdig, diesen Baum mit den roten Blüten hatte er vorher noch nie gesehen. Konnte es sein, dass er sich noch mehr verlaufen hatte?
Minus schaute hinauf ins grüne Blätterdach. Papa hatte ihm mal bei einem Spaziergang erklärt, dass man am Stand der Sonne bestimmen konnte, wo man gerade war. Aber die Sonne war schon fast verschwunden und Papa konnte er diesmal nicht fragen.

Sie schien von links zu kommen, beschloss Minus. Und links musste Westen sein, denn dort ging die Sonne immer unter. Das hatte ihm jedenfalls Papa erzählt. Und Farnheim lag ja auch im Westen. Wenn er also lange genug der Sonne folgte, musste er die Stadt irgendwann erreichen. Etwas anderes blieb ihm im Moment nicht übrig.
Im Gebüsch hinter ihnen raschelte es unheimlich. Minus sah sich ängstlich um.

Plötzlich war der Kloß in seinem Hals wieder da. Ausreißen war eine ziemlich blöde Idee gewesen. Wenn er doch nur wieder hier herauskäme! Dann würde er den Rest von Flints Rasen mähen, die Badewanne in winzige Stücke hacken und jeden Tag Farnsuppe essen, das schwor er sich.

Lucy, die auf seinem Kopf saß, klapperte immer lauter mit den Zähnen. Es war inzwischen fast dunkel geworden. Über ihnen, hinter ihnen, links und rechts – überall knackte es unheimlich in den Schatten. Minus klapperte jetzt auch mit den Zähnen, allerdings etwas leiser. Er lief immer weiter geradeaus. Schließlich lichtete sich der Wald und der Weg wurde immer steiler. Komisch, dachte Minus. Seit wann liegt Farnheim auf einem Berg? Hatte er das mit der Sonne im Westen irgendwie verwechselt?

Farnheim war jedenfalls nirgends zu sehen. Plötzlich rumpelte es über ihren Köpfen. Etwa ein Gewitter? Minus schaute besorgt nach oben. Es rumpelte ein zweites Mal. Und dann regnete es, aber keine Regentropfen, sondern schwarze Asche. Sie standen am Fuße eines Vulkans.
Da hatte Minus eine Idee: Er würde zur Spitze hinaufklettern, denn von oben würde er sein geliebtes Farnheim bestimmt sofort entdecken.

„Halt dich gut fest“, rief er Lucy zu und kraxelte den Berg hinauf. Er kletterte über Lavasteine und Felsbrocken. Lucy schaukelte auf seinem Kopf hin und her und summte dabei ein Liedchen. Sie schien sich wohler zu fühlen und Minus wusste auch warum: Je höher sie kamen, desto wärmer wurde es. Minus musste aufpassen, dass er nicht in die heiße Lava trat. Bald stank es nach faulen Eiern. Minus und Lucy hielten sich die Nase zu.

Und dann, endlich, waren sie hoch genug. Minus' Blick schweifte über die Ebene. Weit, weit unten entdeckte er schließlich sein Farnheim! Es lag gar nicht im Westen, sondern im Osten! Von hier oben sah es winzig aus, aber Minus konnte alles erkennen. Dort lag die Höhle von Flint und da war der See und etwas weiter rechts befand sich sein Zuhause. Minus' Herz klopfte vor Freude. Er sehnte sich nach seinem Zimmer, nach Mama und Papa und sogar ein kleines bisschen nach Mamas Farnsuppe.

Er stieg den Berg hinab in Richtung Farnheim. Er sprang über einen Lavastrom und wich glühenden Felsbrocken aus. Über ihm rumpelte immer noch der Vulkan und ab und zu regnete es ein bisschen Asche.
Einmal musste Minus sich zur Seite ducken, um nicht von einem Lavastein getroffen zu werden. Da zwickte ihn etwas kräftig in die Schwanzspitze. Minus machte vor Schreck einen Satz nach vorne. Gab es hier oben etwa auch Urbienen? Oder sogar Vulkanbienen? Das hatte gerade noch gefehlt! Jedenfalls konnten sie ordentlich zustechen. Es tat noch viel mehr weh als die Stiche im Wald. Minus schoss davon. Noch so eine Begegnung mit einem fiesen Bienenschwarm wollte er unbedingt vermeiden.
Er stolperte und sprang über Geröll. Lucy, die auf seinem Kopf saß, quietschte entrüstet. Doch Minus hatte nur einen Gedanken: Er musste den Bienen so schnell wie möglich entkommen. Seine Schwanzspitze brannte inzwischen wie Feuer.

Endlich hatte er den Fuß des Vulkans erreicht, und dann war es zum Glück nicht mehr weit bis nach Hause.

Ende gut, alles gut!

Minus galoppierte durchs Gartentor auf die Höhle zu, vorbei an Mamas Gartenzwergen, an der Palme und der kaputten Badewanne, die immer noch darunter stand. Dabei blieb er mit einem Fuß daran hängen. Er flog in hohem Bogen durch die Luft und machte eine Bauchlandung.

Der Schmerz an seiner Schwanzspitze war plötzlich weg. Gleichzeitig segelte etwas kleines Orangefarbenes an ihm vorbei und landete in der Badewanne. Dort blieb es reglos liegen. Minus betrachtete die orange Urbiene vorsichtig und stellte überrascht fest, dass es gar keine Urbiene war, sondern ein glühendes Stück Lava. Es hatte sich irgendwie an seinen Schwanz geheftet.
„Na so was", murmelte Minus. Kein Wunder, dass es so wehgetan hatte.

Lucy war von seinem Kopf gepurzelt und knurrte ihn wütend an. Dieser Teil des Ausflugs hatte ihr eindeutig keinen Spaß gemacht! Außerdem zitterte sie immer noch und war inzwischen wieder blau angelaufen. Minus würde sich gleich darum kümmern, aber erst einmal musste er etwas erledigen. Er hatte sich schließlich geschworen, dass er die Badewanne sofort zu Kleinholz hacken würde, wenn er je wieder lebendig aus dem Urwald kam.

Deswegen ging er zurück in die Höhle, um Papas Axt zu holen. Auf dem Tisch im Wohnzimmer lag noch immer sein Abschiedsbrief. Ein Glück, dass Mama und Papa bei der Arbeit waren.
Das ersparte ihm unnötige Erklärungen. Schnell ließ Minus den Brief verschwinden, schließlich brauchte er ihn vorläufig nicht mehr. Sicherheitshalber räumte er auch noch seinen Teller weg und entsorgte den Rest Farnsuppe im Blumentopf. Er hatte zwar geschworen, dass er jeden Tag seine Farnsuppe essen würde, aber er hatte nicht gesagt, ab wann das galt.

Minus musste ein Weilchen suchen, bis er die Axt gefunden hatte. Papa bewahrte sein Werkzeug immer an den merkwürdigsten Stellen auf. Minus entdeckte sie schließlich im Kleiderschrank. Als er wieder hinaustrat, sah er etwas Beunruhigendes. Eine Rauchsäule stieg hinter der Palme auf. Sie kam aus der alten Badewanne. Minus flitzte hinüber: Aus der Wanne loderten Flammen. Wo war Lucy? Minus blickte sich suchend um – und dann sah er sie.

Sie stand direkt neben dem Feuer und streckte die Hände danach aus. Sie war nicht mehr blau, sondern rosa, so wie früher, und sie zitterte auch nicht mehr. Sie hatte sogar aufgehört, mit den Zähnen zu klappern. Zum ersten Mal seit langer Zeit strahlte sie Minus an.

Minus lächelte zurück. Endlich ging es Lucy wieder besser und sie war ganz die Alte. Gemeinsam betrachteten sie das Feuer. So etwas hatte Minus bisher nur oben auf den Vulkanen gesehen. Er trat näher und spürte die Wärme. Das war es also, was Lucy brauchte. Nicht nur ein Mammutfell, sondern ein Feuer. Endlich wusste er, wie er Lucy helfen konnte. Und auf einmal wusste er auch, wie er alles, was an diesem Tag schiefgelaufen war, wieder in Ordnung bringen konnte.

Er nahm das Mammutfell das neben Lucy lag.

„Ich bin gleich wieder da“, sagte er zu ihr.

Dann ging er ins Elternschlafzimmer, holte Mamas Schal aus dem Schrank und lief damit zu seiner Nachbarin Frau Meso. Minus wusste, dass Frau Meso nicht nur gut stricken, sondern auch gut nähen konnte. Nachdem er ihr erklärt hatte, was geschehen war, setzte sie sich hin und nähte das kleine Stück Mammutfell wieder an seinen Platz. Als sie damit fertig war und den Schal hochhielt, sah er fast so aus wie vorher. Minus klatschte begeistert in die Pfoten und drückte der überraschten Frau Meso einen Kuss auf die Nasenspitze.

Er musste sich beeilen, damit der Schal wieder im Schrank hing, bevor Mama kam. Doch als er an der Tür war, rief Frau Meso: „Warte! Deine Mutter hat mir von Lucys Problem erzählt und da habe ich mir das hier ausgedacht." Sie hielt Minus einen winzigen selbstgestrickten Mantel hin. „Mit einem Loch für jede Pfote von deinem Haustier", sagte sie stolz. Minus war begeistert. „Danke, danke, danke!", rief er und hüpfte vergnügt nach Hause.

Als er zurückkam, war die Badewanne verschwunden. An ihrer Stelle lag jetzt ein Häufchen Asche. Doch Lucy hatte bereits trockene Äste und Zweige auf den Lavastein gelegt und das Feuerchen damit in Gang gehalten. Sie war noch immer rosa und summte fröhlich vor sich hin. Minus zog ihr das Mäntelchen über. Es passte wie angegossen.
Bald darauf kamen Mama und Papa Drei nach Hause. Papa Drei lobte Minus dafür, dass er die Badewanne so schön entsorgt hatte, und Mama freute sich riesig über ihren Schal und darüber, dass Minus seine Farnsuppe aufgegessen hatte.

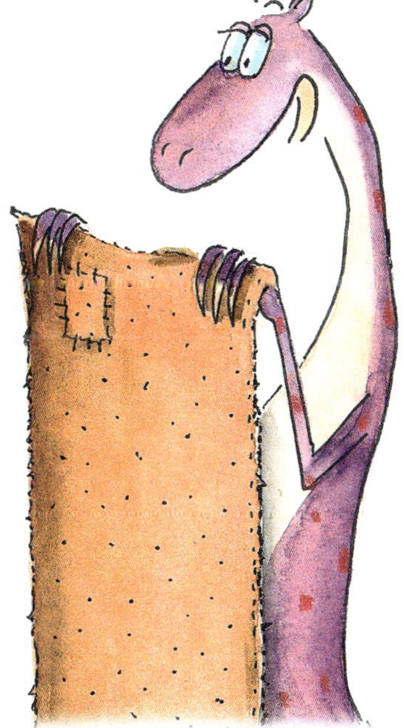

Und beide staunten über das Feuer.
So etwas hatten auch sie bisher nur oben auf den Vulkanen gesehen.
Lucy deutete auf ihren Bauch und machte laute rumpelnde Geräusche. Minus verstand sofort. Lucy hatte nämlich den ganzen Tag lang kaum etwas gegessen. Sie hatte bestimmt großen Hunger.
„Es gibt noch etwas Farnsuppe", sagte Mama Drei.
Minus sagte nichts. Diesmal würde er die Zähne zusammenbeißen und die Suppe wohl oder übel essen. Er hatte schließlich einen Schwur geleistet.
Mama füllte ein kleines Schälchen mit Suppe für Lucy und Minus brachte es ihr ans Feuer. Lucy, die gerade ein paar Zweige anschleppte, warf sie neben dem Schälchen auf den Boden und beugte sich hungrig über die Suppe.
„Warte", sagte Minus. „Ich habe den Löffel vergessen."
Als er kurz darauf mit Lucys Löffelchen zurückkam, hatten die Zweige und Blätter, die neben dem Schüsselchen lagen, Feuer gefangen.

„Oh nein, deine Suppe!“ Schnell versuchte Minus, das Feuer mit der Pfote zu löschen. Aber das brannte schlimmer als tausend Urbienen.

Er brauchte eine Schaufel, um die Schüssel aus der Glut zu fischen.

Minus suchte die Höhle nach Papas Schaufel ab. Schließlich entdeckte er sie hinter dem Küchenschrank. Als er mit der Schaufel zurückkehrte, war das Feuer neben dem Schüsselchen erloschen und Lucy schlürfte zufrieden ihre Suppe. Sie hielt Minus ihr Löffelchen hin.

Minus schüttelte den Kopf. „Du weißt doch, dass ich Farnsuppe nicht mag.“ Aber Lucy ließ nicht locker.

„Na gut“, sagte er schließlich und nippte vorsichtig daran. Zu seiner Überraschung schmeckte die Farnsuppe ausgesprochen gut.
„Mama, Papa“, rief er. „Das müsst ihr probieren!“
Nacheinander kosteten die Eltern von Lucys Farnsuppe.
Alle waren begeistert, bis auf Lucy, für die nichts mehr übrig blieb.
„Viel besser als früher“, sagte Mama Drei.
„Was habt ihr denn damit gemacht?“
„Lucy hat sie ans Feuer gestellt“, sagte Minus.
„Das ist der Trick.“

Am Abend stellte Mama die Schüssel mit der restlichen Farnsuppe auch neben das Feuer.
Papa hatte allerdings eine noch viel bessere Idee und baute mit drei Stöcken ein Gestell.

Daran hängte er die Schüssel, sodass das Feuer direkt darunter brannte.

„Ich glaube, Farnsuppe wird doch noch mein Lieblingsgericht“, sagte Minus später, als sie zusammen beim Essen saßen. Mama und Papa Drei stimmten ihm zu.

Später kuschelte er sich in sein Bett und gähnte zufrieden. Lucy summte schläfrig auf dem Nachttisch. Der Lavastein lag neben ihrer Kokosnusshälfte und strahlte eine behagliche Wärme aus.
„Es ist so schön, wieder zu Hause zu sein", murmelte Minus. „Was für ein aufregender Tag."

© privat/Tomasz Poslada

Ute Krause, 1960 geboren, wuchs in der Türkei, Nigeria, Indien und den USA auf. An der Berliner Kunsthochschule studierte sie Visuelle Kommunikation, in München Film und Fernsehspiel. Sie ist als Schriftstellerin und Illustratorin erfolgreich. Ihre Bilder- und Kinderbücher wurden in viele Sprachen übersetzt und für das Fernsehen verfilmt. Ute Krause wurde vielfach ausgezeichnet, u.a. von der Stiftung Buchkunst, und für den Deutschen Jugendliteraturpreis nominiert.

Von Ute Krause sind außerdem bei cbj erschienen:

- Minus Drei wünscht sich ein Haustier, ISBN 978-3-570-15892-0
- Minus Drei und die laute Lucy, ISBN 978-3-570-15893-7
- Minus Drei und der Zahlensalat, ISBN 978-3-570-15906-4
- Minus Drei macht Party, ISBN 978-3-570-17091-5
- Minus Drei geht baden, ISBN 978-3-570-17182-0
- Die Muskeltiere – Einer für alle, alle für einen, ISBN 978-3-570-15903-3
- Die Muskeltiere auf großer Fahrt, ISBN 978-3-570-17172-1

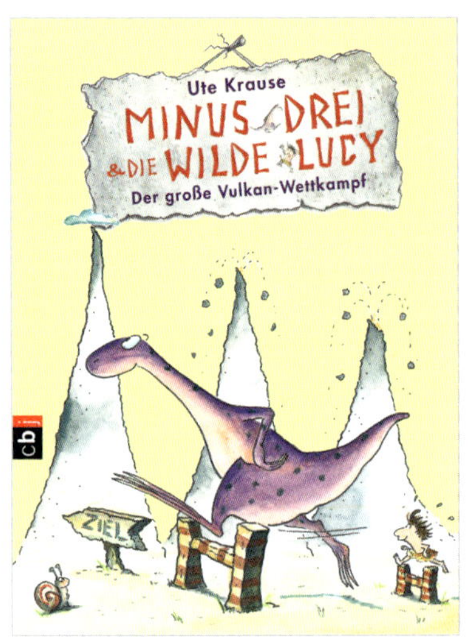

80 Seiten, ISBN 978-3-570-17400-5

In Farnheim findet der große Vulkan-Wettkampf statt. Als Hauptpreis winkt ein toller Familienurlaub. Klar, dass Minus und Lucy dabei sind! Doch um zu gewinnen, müssen die Dinos und ihre Haustiere Sackhüpfen, Schwimmen und Hindernislauf meistern. Schon beim Üben ist Lucy die Langsamste von allen. Gegen die anderen Haustiere hat das kleine Urmädchen keine Chance. Großonkel und Großtante Drei wollen Minus helfen – und tauschen Lucy kurzerhand gegen einen Gigantosaurus ein. Oje, was soll Minus nur ohne seine Lucy machen?

8349

www.cbj-verlag.de

Ute Krause

MINUS DREI

Die Reihe zum Vorlesen

Minus Drei wünscht sich ein Haustier
Band 1, 80 Seiten,
ISBN 978-3-570-15892-0

Minus Drei und die laute Lucy
Band 2, 80 Seiten,
ISBN 978-3-570-15893-7

Minus Drei und der Zahlensalat
Band 3, 80 Seiten,
ISBN 978-3-570-15906-4

Minus Drei macht Party
Band 4, 80 Seiten,
ISBN 978-3-570-17091-5

Minus Drei geht baden
Band 5, 80 Seiten,
ISBN 978-3-570-17182-0

8296/5

www.cbj-verlag.de

Ute Krause

Die Muskeltiere

208 Seiten, ISBN 978-3-570-15903-3

Klink, klink, klonk! Während der Hamster Bertram von Backenbart etwas gelangweilt in seinem goldenen Käfig auf der Terrasse einer noblen Hamburger Penthousewohnung sitzt, fallen zwei Mäuse und eine weiße Ratte von der Dachrinne in sein Zuhause. Als die drei sich als Picandou C. Saint Albray, Pomme de Terre und Gruyère vorstellen, ist der Hamster begeistert! Die französischen Namen erinnern ihn an die von ihm heißgeliebten Geschichten über die »Muskeltiere«, die er von den Hörspiel-CDs seines Besitzers kennt. Und als Hamster Bertram erfährt, dass Gruyère sein Gedächtnis verloren hat, ist er wild entschlossen, seinen neuen Freunden zu helfen und aufregende Muskeltier-Abenteuer zu erleben ...

8297

www.cbj-verlag.de

Ute Krause

Die Muskeltiere auf großer Fahrt

ca. 176 Seiten, ISBN 978-3-570-17172-1

Gerade haben sich die „Muskeltiere“ in Frau Fröhlichs Feinkostladen vom letzten Abenteuer erholt und sich in ihrer Käsetheke ordentlich gestärkt, da hören Hamster Bertram Backenbart, die Mäuse Picandou und Pomme de Terre und die Ratte Gruyère eine schreckliche Nachricht: Frau Fröhlich plant eine Schiffsreise nach Ägypten und schließt für diese Zeit ihren Laden. O je, wie sollen die Muskeltiere das überleben? Kurz entschlossen schmuggeln sich die mutigen Freunde in die Koffer ... Und damit beginnt ein neues Muskeltier-Abenteuer auf hoher See!

8315

www.cbj-verlag.de

HERR
FOSSIL
FAMILIE
DREI
FRAU
FARNCHEN
FRAU WINZIG